小貓頭鷹的第一天

擺脫分離焦慮・不再哭哭・小小孩快樂上學去

黛比·格里奧里（Debi Gliori） 著　艾莉森·布朗（Alison Brown） 繪　李雅茹 譯

小貓頭鷹睜開他的眼睛、
展～開～他的翅膀，打了一個大哈欠。

「該起床囉！」貓頭鷹媽媽說。
「今天是個**大日子**——你去上學
的第一天！你興奮嗎？」

「不_{ㄅㄨ}！」小_{ㄒㄧㄠ}貓_{ㄇㄠ}頭_{ㄊㄡ}鷹_{ㄧㄥ}說_{ㄕㄨㄛ}。

「不_{ㄅㄨ}！

不_{ㄅㄨ}！

不_{ㄅㄨ}！」

「不ㄅㄨ？」貓ㄇㄠ頭ㄊㄡ鷹ㄧㄥ媽ㄇㄚ媽ㄇㄚ問ㄨㄣ。

「不ㄅㄨ！」小ㄒㄧㄠ貓ㄇㄠ頭ㄊㄡ鷹ㄧㄥ說ㄕㄨㄛ：「不ㄅㄨ！我ㄨㄛ不ㄅㄨ喜ㄒㄧ歡ㄏㄨㄢ**大ㄉㄚ日ㄖˋ子ㄗ**，我ㄨㄛ想ㄒㄧㄤ要ㄧㄠ**小ㄒㄧㄠ日ㄖˋ子ㄗ**。我ㄨㄛ想ㄒㄧㄤ要ㄧㄠ跟ㄍㄣ妳ㄋㄧ還ㄏㄞ有ㄧㄡ貓ㄇㄠ頭ㄊㄡ鷹ㄧㄥ寶ㄅㄠ寶ㄅㄠ一ㄧ起ㄑㄧ待ㄉㄞ在ㄗㄞ家ㄐㄧㄚ裡ㄌㄧ就ㄐㄧㄡ好ㄏㄠ。」

小ㄒㄧㄠˇ貓ㄇㄠ頭ㄊㄡ鷹ㄧㄥ坐ㄗㄨㄛˋ在ㄗㄞˋ早ㄗㄠˇ餐ㄘㄢ桌ㄓㄨㄛ前ㄑㄧㄢˊ，
慢ㄇㄢˋ慢ㄇㄢˋ地ㄉㄧˋ啃ㄎㄣˇ著ㄓㄜ他ㄊㄚ的ㄉㄜ蜂ㄈㄥ蜜ㄇㄧˋ種ㄓㄨㄥˇ子ㄗˇ餅ㄅㄧㄥˇ乾ㄍㄢ。

「我ㄨㄛˇ們ㄇㄣ出ㄔㄨ發ㄈㄚㄅㄚ！小ㄒㄧㄠˇ貓ㄇㄠ頭ㄊㄡ鷹ㄧㄥ。」貓ㄇㄠ頭ㄊㄡ鷹ㄧㄥ媽ㄇㄚ媽ㄇㄚ說ㄕㄨㄛ：
「別ㄅㄧㄝˊ忘ㄨㄤˋ了ㄌㄜ帶ㄉㄞˋ著ㄓㄜ你ㄋㄧˇ的ㄉㄜ新ㄒㄧㄣ貓ㄇㄠ頭ㄊㄡ鷹ㄧㄥ書ㄕㄨ包ㄅㄠ喔ㄛ！」

「不ㄅㄨ！」小ㄒㄧㄠ貓ㄇㄠ頭ㄊㄡ鷹ㄧㄥ說ㄕㄨㄛ：「我ㄨㄛ不ㄅㄨ想ㄒㄧㄤ要ㄧㄠ去ㄑㄩ上ㄕㄤ學ㄒㄩㄝ！我ㄨㄛ不ㄅㄨ想ㄒㄧㄤ要ㄧㄠ貓ㄇㄠ頭ㄊㄡ鷹ㄧㄥ書ㄕㄨ包ㄅㄠ！我ㄨㄛ不ㄅㄨ想ㄒㄧㄤ要ㄧㄠ大ㄉㄚ日ㄖ子ㄗ！我ㄨㄛ只ㄓ想ㄒㄧㄤ要ㄧㄠ……」

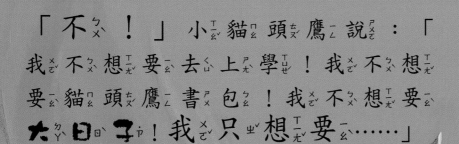

貓ㄇㄠ頭ㄊㄡ鷹ㄧㄥ媽ㄇㄚ媽ㄇㄚ眨ㄓㄚ眨ㄓㄚ眼ㄧㄢ睛ㄐㄧㄥ。
「這ㄓㄜ樣ㄧㄤ吧ㄅㄚ！」貓ㄇㄠ頭ㄊㄡ鷹ㄧㄥ媽ㄇㄚ媽ㄇㄚ說ㄕㄨㄛ：「如ㄖㄨ果ㄍㄨㄛ我ㄨㄛ們ㄇㄣ現ㄒㄧㄢ在ㄗㄞ出ㄔㄨ發ㄈㄚ的ㄉㄜ話ㄏㄨㄚ，你ㄋㄧ可ㄎㄜ以ㄧ推ㄊㄨㄟ嬰ㄧㄥ兒ㄦ車ㄔㄜ喔ㄛ！」

「連在路不平的橋上也可以嗎？」小貓頭鷹問。

「沒有問題。」貓頭鷹媽媽回答。

「我可以推車直接衝過泥巴地？」小貓頭鷹問。

「你可以直接衝過泥巴地。」貓頭鷹媽媽無奈地回答。

「直到……很陡很陡的……山頂？」小貓頭鷹一邊用力推車一邊喘著氣問。

「直達山頂。」
貓頭鷹媽媽肯定的回答。

「哈囉！小貓頭鷹，
歡迎來到我們的學校。」
雪鴞老師說：「我們一定會
一起度過很棒的一天。」

「妳什麼時候會回來？」
小貓頭鷹在貓頭鷹媽媽的耳邊小小聲地問。
「我很快就會回來的。」貓頭鷹媽媽也小小聲的
回答小貓頭鷹，同時給了他一個大擁抱。

「來吧！小貓頭鷹，」雪鴞老師說：
「我們去建一座火箭。」

「謝謝你！」小貓頭鷹說：
「但是，我只想要……」

「⋯⋯⋯跟ㄍㄣ貓ㄇㄠ頭ㄊㄡˊ鷹ㄧㄥ媽ㄇㄚ媽ㄇㄚ和ㄏㄜˊ

貓頭鷹寶寶一起坐火箭。」

「他們今天會到月亮上去，
但是沒有我一起。」他心想。

「穿上圍巾，我們
一起來畫畫吧！」
雪鴞老師說：「我
敢打賭，你一定
很會畫畫。」

　　小貓頭鷹畫了一張媽媽與貓頭鷹寶寶坐在火箭
上的畫。貓頭鷹媽媽和貓頭鷹寶寶的身上都布滿了
顏料。
　　等到小貓頭鷹畫完時，他的全身上下也都是顏料
了。

「多_{ㄉㄨㄛ}棒_{ㄅㄤ}的_{ㄉㄜ}一_一幅_{ㄈㄨ}畫_{ㄏㄨㄚ}啊_ㄚ！」雪_{ㄒㄩㄝ}鴞_{ㄒㄧㄠ}老_{ㄌㄠ}師_ㄕ說_{ㄕㄨㄛ}：「我_{ㄨㄛ}們_{ㄇㄣ}把_{ㄅㄚ}它_{ㄊㄚ}釘_{ㄉㄧㄥ}到_{ㄉㄠ}牆_{ㄑㄧㄤ}壁_{ㄅㄧ}上_{ㄕㄤ}吧_{ㄅㄚ}！先_{ㄒㄧㄢ}去_{ㄑㄩ}洗_{ㄒㄧ}洗_{ㄒㄧ}你_{ㄋㄧ}的_{ㄉㄜ}翅_ㄔ膀_{ㄅㄤ}，我_{ㄨㄛ}們_{ㄇㄣ}要_{一ㄠ}來_{ㄌㄞ}玩_{ㄨㄢ}樂_{ㄩㄝ}器_{ㄑㄧ}了_{ㄌㄜ}。」

「謝_{ㄒㄧㄝ}謝_{ㄒㄧㄝ}你_{ㄋㄧ}！」小_{ㄒㄧㄠ}貓_{ㄇㄠ}頭_{ㄊㄡ}鷹_{一ㄥ}說_{ㄕㄨㄛ}：「但_{ㄉㄢ}是_ㄕ，真_{ㄓㄣ}的_{ㄉㄜ}，我_{ㄨㄛ}只_ㄓ想_{ㄒㄧㄤ}要_{一ㄠ}……」

「……跟貓頭鷹媽媽和貓頭鷹寶寶一起打鼓。」

「他們今天一定會跟大怪獸樂團一起製造出很大的聲音——但是沒有我一起。」他心想。

「來看看我們能在沙坑裡找到什麼。」雪鴞老師說：「或許你可以幫小不點貓頭鷹一起蓋他的城堡哦！」

小貓頭鷹幫小不點貓頭鷹擺上裝飾。

「多聰明的小貓頭鷹們啊！」雪鴞老師說：「真是美麗的一座城堡。我們接著來打水仗吧！」

「謝謝你！」
小貓頭鷹說：
「但是，我只想要……」

「……跟貓頭鷹媽媽和貓頭鷹寶寶一起把水濺得到處都是！」

「他們今天將會開著我們的海盜船出航，但是沒有我一起。」他心想。

「點心時間！」雪鴞老師說：
「來看看大家的貓頭鷹書包
裡有什麼吧！」
小貓頭鷹打開他的書包，看
見了自家製的種子餅乾，還
有一張貓頭鷹媽媽畫的畫。

小貓頭鷹跟小不點貓頭鷹分享他的餅乾；小不點貓頭鷹也跟小貓頭鷹分享了他的堅果蛋糕。很快的，小貓頭鷹感覺好多了。

「我們來飛～吧！」
小不點貓頭鷹說：
「你一定會喜歡的。」

他說的沒錯。

小貓頭鷹衝高又衝低。他時而
滑翔，時而揮動翅膀，有整整
一個小時他完全忘記了
貓頭鷹媽媽和貓頭鷹寶寶。
小貓頭鷹感覺好極了！

「大家來坐到葉子上，」雪鴞老師說：
「說故事的時間到囉！」

小貓頭鷹幫
忙選了書。

他依偎在雪鴞老師身旁幫忙翻頁。
他甚至還加入——一起為故事配音。

而當故事結束時……

……貓頭鷹媽媽和貓頭鷹寶寶已經等著要接他回家了。

「我在學校的時候，妳和貓頭鷹寶寶做了什麼？」小貓頭鷹邊打哈欠邊問道。

「哦！沒做什麼。」貓頭鷹媽媽說：
「我烤了一個蛋糕，貓頭鷹寶寶小睡了一下。
那你今天整個早上都做了些什麼呢？」

但小貓頭鷹沒有回答，
因為他很快就睡著了。
這個「非常大的日子」
讓他累翻了。

作者　黛比・格里奧里（Debi Gliori）

黛比・格里奧里是一位備受喜愛的暢銷作家兼插畫家。她出版了超過75本童書並曾獲得多項大獎提名。其中包括英國凱特格林威獎（兩次）以及蘇格蘭藝術協會獎。自黛比的第一本書於1990年出版以後，她就不斷創作出許多成功的作品，多到已經數不清的程度。她的作品有《無論如何》（*No Matter What*）、《颱風天》（*Stormy Weather*）與《最可怕的事》（*The Scariest Thing of All*）等等。

插畫　艾莉森・布朗（Alison Brown）

艾莉森・布朗在利物浦學習美術，並在畢業後成為一位平面設計師。她是《華爾街日報》、《出版者周刊》與暢銷書《日日夜夜我愛你》（*I Love You Night and Day*）、《絕不讓你走》（*I'll Never Let You Go*）、《我會永遠愛你》（*I'll Love You Always*）與《雪熊》（*Snowy Bear*）的插畫家。艾莉森現今居住在英國。

譯者　李雅茹

畢業於國立臺北大學，曾在高中和大學時期分別赴日本與美國擔任交換學生，喜歡學習不同的語言和文化。多益成績為980分，目前也是TED Talks的字幕翻譯志工。

小貓頭鷹的第一天

擺脫分離焦慮‧不再哭哭‧小小孩快樂上學去

作者 ― 黛比‧格里奧里（Debi Gliori）

繪者 ― 艾莉森‧布朗（Alison Brown）

譯者 ― 李雅茹

發行人 ― 楊榮川

總經理 ― 楊士清

總編輯 ― 楊秀麗

副總編輯 ― 黃惠娟

責任編輯 ― 蔡佳伶、高雅婷

出版者 ― 五南圖書出版股份有限公司

地址：106台北市大安區和平東路二段339號4樓

電話：(02)2705-5066　　傳真：(02)2706-6100

網址：http://www.wunan.com.tw

電子郵件：wunan@wunan.com.tw

劃撥帳號：01068953

戶名：五南圖書出版股份有限公司

法律顧問：林勝安律師事務所　林勝安律師

出版日期：2019年1月初版一刷

　　　　　2019年9月初版二刷

定價：新臺幣280元

國家圖書館出版品預行編目資料

小貓頭鷹的第一天 / Debi Gliori作；
Alison Brown繪；李雅茹譯. -- 初版. --
臺北市：五南, 2019.01
　　面；　公分
　　ISBN 978-957-763-249-4 (精裝)

873.59　　　　　　　　　　107023790